Marliese Arold

Die Cityflitzer auf Klassenfahrt

Mit Bildern von Stephan Baumann

arsEdition

Die Deutsche Bibliothek – CIP-Einheitsaufnahme

Arold, Marliese:
Die Cityflitzer auf Klassenfahrt / Marliese Arold. Mit Bildern von Stephan Baumann. - München : Ars-Ed., 1998
(Känguru : Leseabenteuer in Farbe)
ISBN 3-7607-3776-5

Gedruckt auf umweltfreundlichem Papier ohne Chlorbleiche

Nach den Regeln der neuen Rechtschreibung

Ausstattung und Herstellung: arsEdition, München
Titelbild und Innenillustrationen: Stephan Baumann
Titelvignette: Carola Holland
Einbandkonzeption: Ralph Bittner
Printed in Germany
ISBN 3-7607-3776-5

Armer Anton!

»Und versprich mir, Anton, dass du jeden Tag frische Socken anziehst!«

Warum hielt Mama nicht endlich die Klappe? Anton lief knallrot an. Auf dem Bahnsteig standen mindestens tausend Leute herum, zumindest die 5b und lauter besorgte Väter und Mütter. Zwischen Koffern und Taschen Herr Miers, der Klassenlehrer, und Frau Glockner, die ebenfalls mitfahren sollte – als Mädchensitterin!

»Hast du an deine Zahnbürste gedacht?«, fragte Frau Dachs.

»Hab ich«, knurrte Anton genervt.

Wahrscheinlich würde Mama erst locker lassen, wenn Anton einen heiligen Eid auf Seife, Waschlappen und Kamm geschworen hatte. Frau Dachs war äußerst besorgt, dass ihr Sohn während der fünftägigen Klassenfahrt völlig verdrecken würde.

Jetzt knackte es im Lautsprecher über ihren Köpfen. Eine blecherne Frauenstimme verkündete, dass der Zug in Kürze einfahren würde.

Na endlich! Nachdem Mama Anton noch einen herzhaften Schmatz auf den Mund gegeben hatte, ließ sie ihn endlich frei. Anton atmete auf.

So ein Theater! Andere Eltern waren froh, wenn sie ihre Kids für eine Weile los waren!

Der Zug fuhr in den Bahnhof ein und kam quietschend zum Stehen. Sofort gab es an den Türen ein furchtbares Gedränge. Klar, alle wollten die besten Plätze ergattern.

Anton grapschte nach Koffer, Rucksack und seinen Inline-Skates. Egal, wie er es anstellte – zwei Arme waren einfach zu wenig. Verflixt, warum war er nicht als Weltraummonster mit neun Tentakeln auf die Welt gekommen?

Endlich hatte er sich zum Eingang durchgedrängelt. In der Tür blieb er stecken, weil sich der Koffer quer gestellt hatte. Anton fluchte und befreite sich mühsam.

»Tschüs, Mama.«

»Tschüs, Anton. Und denk an –«

Das hörte Anton schon nicht mehr. Er schleppte sein Gepäck in den Gang und schaute sich nervös nach Vanessa um. Sie saß an einem Vierertisch im Großraumwagen. Als Anton ankam, waren die drei anderen Plätze schon besetzt: Nina, Niklas und Sina lümmelten sich darauf herum.

»Hallo, Anton.« Nina grinste. »Sorry, hier ist kein Platz mehr für dich. Du musst es dir wohl woanders bequem machen.«

»Oder du setzt dich auf Vanessas Schoß«, tönte Sina.

Anton schoss das Blut in die Ohren.

So eine blöde Ziege! Was ging Sina das an, wo er sich hinsetzte? Und außerdem – was hatte sie überhaupt hier am Vierertisch verloren? Eigentlich waren Anton, Vanessa, Nina und Niklas eine eingeschworene Clique. Sie gingen nicht nur in dieselbe Klasse, sondern unternahmen auch nachmittags oft etwas zusammen. Am liebsten fuhren sie zusammen Inline-Skates – Anton und Vanessa mittelprächtig, Niklas und Nina dagegen schon fast profimäßig.

Besonders Niklas war ein wahrer Könner auf den Rollen.

Ob das vielleicht der Grund war, weshalb die Mädchen Niklas so mochten? Richtig peinlich, wie Sina ihn anhimmelte! Ganz klar, sie würde keinen Millimeter weichen!

Anton grinste hilflos und wartete auf ein kleines Wunder. Etwa, dass Vanessa aufstehen, ihn am Arm nehmen und sagen würde: »Komm, Anton, hier sind mir zu viele Leute. Lass uns lieber woandershin gehen.«

Aber Vanessa streckte gemütlich ihre Beine aus und legte sie auf Niklas' Knie. »Ich darf doch, Niklas?«

»Klar.«

Anton sank in sich zusammen. »Na, dann bis später«, sagte er mit Grabesstimme.

Im nächsten Wagen waren noch jede Menge Plätze frei. Anton hockte sich ans Fenster. Das war kein guter Start. Dabei hatte er sich so auf die Klassenfahrt gefreut. Verdrossen holte er seinen Walkman aus der Tasche und stöpselte die Ohrhörer ein. Die nächsten Stunden verbrachte er damit, drei Kriminalhörspiele zu hören, zwei Tafeln Nussschokolade zu essen, eine Flasche Limo zu trinken und ansonsten möglichst wenig an Vanessa zu denken. Was natürlich nicht klappte. Bei jeder Leiche, bei jedem Stück Schokolade, bei jedem Schluck Limo war Vanessa in seinem Kopf – mit ihrem schönsten Lächeln ...

Auf dieser Klassenfahrt musste er einfach herausfinden, ob sie ihn nicht doch ein wenig liebte. Ein klitzekleines Fitzelchen Liebe würde ihm schon genügen, er war ja bescheiden. Total happy würde es ihn machen, wenn er auf bessere Zeiten hoffen durfte. Wenn Vanessa zum Beispiel sagen würde: »Anton, nach den Sommerferien werd ich bestimmt ganz doll in dich verknallt sein ...«

Nach qualvollen vier Stunden hatte der Zug endlich den Zielort erreicht und die 5b konnte aussteigen.

Am tiefblauen Himmel segelten weiße Wattewölkchen. Ringsum ragten Berge empor.

»Was für eine reine Luft!«, jubelte Frau Glockner, während Herr Miers zählte und zählte, ob die Klasse auch vollständig war.

»Einer zu viel«, stöhnte er und fing mit seiner Zählerei von vorne an.

Der Bahnhof war winzig und lag wie ausgestorben da. Der Kiosk daneben hatte auch geschlossen.

»Ich verdurste!« Nina starrte grimmig durch das Kioskfenster und rümpfte die Nase. Nur Schrott war da zu sehen: Stocknägel, Ansichtskarten mit weißblauem Himmel und schneebedeckten Gipfeln, kleine holzgeschnitzte Rehe, Schlüsselanhänger mit Kuhglocken und Holzschilder mit Klosprüchen drauf. Ganz hinten, leider unerreichbar, standen große Colaflaschen.

»Hundsgemein«, knurrte Nina. »Ich nehm gleich ein Taxi nach Hause!«

»Jetzt ist einer zu wenig«, klagte Herr Miers und raufte sich die Haare.

In diesem Augenblick huschte Daniel aus dem Gebüsch und schnallte seinen Gürtel wieder zu.

»Achtundzwanzig«, seufzte Herr Miers.

»Gott sei Dank, alle vollzählig.« Er sah angestrengt in Richtung Straße. »Nur der Traktor fehlt noch.« Es war nämlich ausgemacht, dass das Gepäck mit einem Traktor ins Schullandheim gebracht werden sollte. Die Schüler sollten den Weg laufen.

Bis jetzt war kein Traktor in Sicht. Und die Sonne brannte erbarmungslos.

Anton hockte im Schatten des Bahnhofsgebäudes auf seinem Koffer. Sein Herz war in einem absolut miesen Zustand. Kein Wort hatte er unterwegs mit Vanessa gewechselt. Und es sah nicht so aus, als würde sie darunter leiden. Ja, sie schien es nicht einmal bemerkt zu haben.

Im Augenblick alberte Vanessa mit Niklas herum. Sie hatte seinen Rucksack erobert und war dabei, ihn auszuräumen.

»Trägst du immer einen Donald-Duck-Schlafanzug?« Sie schwenkte das Oberteil wie eine Fahne.

Anton stöhnte.

Ein Tuckern lenkte ihn ab. Der Traktor fürs Gepäck fuhr heran. Der Fahrer machte ein Gesicht, als müsste er stinkenden Mist transportie-

ren. Er packte die Koffer, Taschen und Rucksäcke und knallte sie auf die Ladefläche. Als er ein Paar Inline-Skates hinterherwerfen wollte, schrie Nina auf.

»Hey Mann! Damit will ich noch fahren!«

Zu spät! Die Stiefel flogen in hohem Bogen auf den Wagen. Nina hielt sich die Augen zu.

»Skates sind verdammt teuer«, sagte Niklas grimmig.

Der Fahrer zuckte die Achseln. »Ist schon nichts passiert. Die halten was aus, mein Enkel hat auch solche Dinger.«

In Minutenschnelle war alles aufgeladen, dann rollte der Traktor stinkend und lärmend davon.

»Nehmt eure Beine in die Hand«, kommandierte Herr Miers. »Ihr habt lange genug gesessen. Auf gehts!«

Der kleine Ort war genauso verschlafen wie der Bahnhof. Ein herrenloser Hund lief die Straße entlang. Vanessa musste ihn unbedingt streicheln.

»Guck mal, wie süß der ist!« Sie strahlte Anton an, während der Hund vor lauter Schwanzwedeln fast ausflippte.

Anton dachte, dass es der Gipfel des Glücks wäre, wenn er als Hund auf die Welt gekommen wäre. Als *dieser* Hund.

»Blöder, schleimiger Köter«, murmelte er.

Vanessa runzelte die Stirn. »He, was ist denn mit dir los?«

Toll, jetzt merkte sie endlich was. Nach genau vier Stunden und vierzehneinhalb Minuten ließ sie sich dazu herab, mit Anton zu reden!

Sie ließ sogar den Hund in Ruhe und lief neben ihm her.

»Ich dachte immer, du magst Hunde!«

»Es geht gar nicht um Hunde«, knurrte Anton.

»Worum denn?«

»Um uns, verdammt noch mal!« Anton stampfte zornig mit dem Fuß auf. »Ich will endlich wissen, was Sache ist. Ob und überhaupt oder wann sonst.«

Sie kapierte gar nichts. »Wir sind doch Freunde«, sagte sie verwundert. »Oder nicht?«

»Freunde, pah!«, schnaubte Anton. »Ist das Freundschaft? Du hast die ganze Fahrt über kein Wort mit mir geredet.«

»Wie denn – du warst ja im anderen Wagen!«

»Bei dir war ja alles besetzt. Du hättest mir wenigstens einen Platz freihalten können.«

»Sonst noch was?« Vanessa verschränkte die Arme. »Woher soll ich wissen, dass du neben mir sitzen willst?«

»Außerdem hast du deine Beine auf Niklas' Knie gelegt und vorhin hast du seinen Schlafanzug genommen –«

»Haha, so was Eifersüchtiges wie dich gibts nicht noch mal«, spottete Vanessa.

»Ich bin überhaupt nicht eifersüchtig!«, widersprach Anton.

»Bist du wohl! Megasuperobereifersüchtig!«

Anton wurde wütend. »Gar nicht wahr. Ich sag bloß, was mir an dir nicht passt.«

»Und was passt dir nicht an mir?«, fragte Vanessa lauernd.

»Jede Menge, nämlich –«, begann Anton, aber sie ließ ihn nicht ausreden.

»Das reicht!« Sie hatte Zorntränen in den Augen. »So was brauch ich mir von dir wirklich nicht gefallen zu lassen!« Sie ließ ihn stehen und rannte einfach davon.

»Du doofe Rapunzel!«, brüllte er ihr nach. »Du verstehst alles falsch. Ich wollte doch nur –«

»Lass mich endlich in Ruhe, du Spinner!«,

schrie sie über die Schulter zurück. »Zisch bloß ab, du Oberblödmann!«

Anton machte ein gequältes Gesicht. Wirklich fantastisch. Das hatte er ja toll hingekriegt. Statt Liebe hatten sie jetzt richtig Krach!

Grimmig stapfte Anton hinter den anderen her. Der Weg stieg an. Blöde Berge! Überall waren Berge – Berge von Problemen!

Boden, tu dich auf!

Nach ungefähr tausend Kilometern Fußmarsch erreichten sie endlich das Schullandheim. Sogar Antons Augen kribbelten vor Erschöpfung. Zunächst sah er nur Millionen von Geranien. Sie blühten rot und rosa vor allen Fenstern. Über der Eingangstür stand in goldenen Buchstaben FALKENSTEIN.

»Ich bin für den Rest der Woche k.o.«, verkündete Daniel.

In diesem Moment tauchte der Herbergsvater auf. Er sah aus wie ein Boxer im Ruhestand. Seinem Gesicht nach zu urteilen musste er die meisten Runden verloren haben. Anton hatte noch nie einen Menschen gesehen, der eine derartig breite Nase hatte. Die Augenbrauen lagen auf unterschiedlicher Höhe. Als der Herbergsvater auch noch den Mund zu einem schiefen Grinsen verzog, taufte Anton das Schullandheim von FALKENSTEIN in FRANKENSTEIN um.

Herr Miers schüttelte dem Mann herzlich die Hand.

»Willkommen«, sagte Herbergsvater Frankie. »Hoffentlich hatten Sie eine gute Reise.«

Herr Miers beteuerte, dass es nichts Angenehmeres gebe als bei so einer Affenhitze stundenlang im Zug zu fahren und dann noch kilometerweit bergauf zu trotten. »Könnten wir jetzt bitte die Zimmer sehen?«

Herbergsvater Frankie klimperte mit einem Schlüsselbund. »Kommen Sie mit.« Er ging voran. Im Westflügel waren die Mädchenzimmer.

Jedes hatte einen Namen: *Edelweiß*, *Alpenrose*, *Enzian* und *Wacholder*. Die Jungenzimmer befanden sich im Ostflügel. Sie hießen *Gänsegeier*, *Murmeltier*, *Steinadler* und *Gämse*. Im Verbindungsgang zwischen den beiden Flügeln lagen die Klos und Waschräume.

Herr Miers und Frau Glockner teilten die Zimmer zu. Anton und Jonas landeten als Einzige im Murmeltierzimmer. Dort gab es zwar sechs Betten, aber die beiden peilten sofort dasselbe an, nämlich das Hochbett am Fenster.

»Ich war eher da«, beharrte Jonas. Er hatte höchstens eine Hundertstelsekunde früher als Anton seinen Rucksack aufs Bett geworfen.

»Verdammt, dann nimm das Bett«, knurrte Anton. Heute zog er offenbar dauernd den Kürzeren!

Verdrossen hockte er sich auf die Fensterbank und schaute hinaus. Ein Reisebus quälte sich den langen Weg herauf, den die 5b zu Fuß hatte gehen müssen. Offenbar wollte noch eine andere Klasse glückliche Tage am Ende der Welt verbringen!

»Da kommt ein Bus«, murmelte Anton.

Doch Jonas hörte nicht zu. Er war damit beschäftigt, seine Sachen auszupacken. »Wir werden die Festung schon aufmischen, verlass dich drauf«, ereiferte er sich. »Ich hab zwei Stinkbomben dabei, außerdem jede Menge Knallfrösche. Im Chemiebuch hab ich gelesen, wie man Nitroglyzerin herstellen kann. Ich brauch nur noch ein paar Zutaten aus der Apotheke. Hoffentlich gibts hier in dem Kaff überhaupt eine.«

Über Antons Rücken kroch eine Gänsehaut. Welcher Schüler aus der 5b musste das Zimmer mit jemandem teilen, der ein eigenes Sprengstofflager dabeihatte? Natürlich Anton Dachs, logisch. Das Schicksal ging nicht gut mit ihm um. Es reichte noch nicht, dass er sich eine Abfuhr bei Vanessa geholt hatte. Ihm standen außerdem lebensgefährliche Nächte bevor.

»Chemie ist unerhört praktisch«, schwärmte Jonas. »Für fast alles, echt. Du kannst zum Beispiel jede Tussi kriegen. Du brauchst sie nur mit giftigen Dämpfen ohnmächtig zu machen. Dann liegt sie in null Komma nichts in deinen Armen, garantiert!«

Anton überlegte, ob Jonas' Tipp brauchbar war.

»Aber dann bin ich selber ohnmächtig«, wandte er ein.

»Quatsch, natürlich trägst du einen Mundschutz und hältst die Luft an«, meinte Jonas. »Nee«, sagte er gleich darauf, »Mundschutz ist Mist, dann kannst du sie ja nicht küssen. Na gut, dann halt nicht. Chemie ist aber trotzdem prima. Ich weiß jedenfalls, wie man einen verstopften Abfluss frei kriegt.«

Anton seufzte. Jonas war wirklich anstrengend.

Wenig später streckte Niklas den Kopf zur Tür rein. »Alle Mann runterkommen zum Essenfassen«, verkündete er.

»Wird auch Zeit«, sagte Jonas. »Mir hängt der Magen schon in den Kniekehlen.«

Anton wollte sich noch schnell die Hände waschen. Mit Seife und Handtuch trabte er in Richtung Waschraum.

Im Westflügel herrschte reger Betrieb, auf dem Gang wurde geschnattert und gekichert. Offenbar bestand die gerade eingetroffene Klas-

se hauptsächlich aus Mädchen. Anton reckte den
Hals, aber er konnte Vanessa nirgends entdek-
ken. Ha, zum Glück! Aber schade war es irgend-
wie trotzdem.

Zum Teufel mit dem Herzschmerz!

Der Waschraum war leer. Anton wusch sich
die Hände und kühlte sich den Schädel mit kal-
tem Wasser. Im Spiegel erblickte er seine Jam-
merfigur und streckte ihr die Zunge heraus.

»Anton Dachs, du bist ihr piepegal«, grunzte
er. »Alles zwecklos. Sie mag jeden anderen lieber
als dich.«

Wütend hielt er den Hahn zu, damit der Was-
serstrahl schräg auf den Boden spritzte. Leider
traf er sich selbst damit, typisch. Alles wandte
sich gegen ihn. Anton sprang zurück, aber zu
spät. »Verdammte Weiber!«, schimpfte er. Seine
Hose sah aus, als hätte er sich angepinkelt.

So konnte er unmöglich in den Speisesaal ge-
hen. Also noch mal zurück ins Zimmer und die
Klamotten wechseln!

Er band sich schnell das Handtuch um die
Hüften. Als er aus dem Waschraum stürzte,
prallte er mit einem Mädchen zusammen. Die

Seife flog aus seiner Hand und schlitterte über den Boden.

»Ah ... Entschuldigung!«

»Tut mir furchtbar Leid!«

Anton und das Mädchen bückten sich gleichzeitig nach der Seife.

Das Mädchen erwischte das glitschige Ding zuerst und gab es Anton zurück. »Hier, das gehört wohl dir.«

»Danke«, sagte Anton. In diesem Moment merkte er, dass sein Handtuch verrutscht war. Das Mädchen starrte auf den Wasserfleck.

Anton wurde so rot wie seine Wandersocken.

Warum tat sich der Boden nicht auf? So was von megapeinlich!

Das Mädchen guckte noch immer.

»Wasserschaden«, stammelte Anton und zerrte das Handtuch wieder hoch. »Der ... Hahn ist irgendwie kaputt.«

Bestimmt glaubte sie ihm kein Wort. *Hey, Leute, stellt euch vor, ich hab einen undichten Typen getroffen!*

»So was passiert immer nur mir«, stotterte Anton. Noch schlimmer. Er schloss gequält die Augen. Warum ging sie nicht weg? Wahrscheinlich lachte sie sich insgeheim kaputt.

»Ach was«, sagte das Mädchen. »Neulich wollte ich Hannes waschen, da ist mir der Schlauch aus der Hand geflutscht und ich war am Bauch pitschnass. Dreimal darfst du raten, was jeder gedacht hat.«

Anton öffnete vorsichtig die Augen. Nein, sie grinste nicht, sondern guckte ganz ernsthaft. Er war ziemlich erleichtert.

»Wer ist denn Hannes?«

»Mein Pferd.«

»Oh ...« Vor Pferden hatte Anton Respekt. »Wäscht man Pferde mit dem Schlauch?«

»Manchmal. Wenns schnell gehen soll. Aber natürlich mit weichem Strahl und nicht eiskalt. Wie heißt du eigentlich?«

»Anton. Und du?«

»Bianca.« Das Mädchen lächelte ihn an. »Bis später. Wir sehen uns sicher noch.« Sie drehte sich um und ging.

»Tschüs«, murmelte Anton und schaute ihr nach.

Der kalte Wasserfleck holte ihn in die Wirklichkeit zurück. Anton rannte in sein Zimmer um sich umzuziehen.

Eifersucht ist doof

»Ich hasse Rote Beete«, erklärte Nina und starrte ihren Teller an. »Einfach eklig!«

Auch Vanessa stocherte in ihrem Essen herum. Sie fand es allerdings nicht ganz so schlimm wie Nina. Vielleicht, weil ihr andere Sachen im Kopf herumspukten. Der Streit mit Anton beispielsweise.

Vanessa kannte Anton seit der Sandkastenzeit und meistens waren sie gute Freunde gewesen. Seit einigen Monaten jedoch war es mit Anton ein bisschen kompliziert. Ständig wollte er Beweise, dass sie ihn mochte. Als ob man dauernd darüber sprechen müsste! Und wenn sie sich mal nett mit anderen Jungen unterhielt, dann machte Anton schon ein fuchsteufelswildes Gesicht! So eine blöde Eifersucht!

Vanessa seufzte. Sie war sicher, dass sich die Sache mit Anton wieder einrenken würde. Aber so leicht würde sie es ihm nicht machen!

Sie blinzelte unauffällig auf die andere Tischseite. Dort drüben saß Anton. Natürlich schaute er kein einziges Mal zu ihr rüber, klar. Gucken streng verboten. Sie waren ja momentan Feinde.

»Ist dir schon was eingefallen?«, erkundigte sich Nina.

»Wieso, was soll mir denn eingefallen sein?«, fragte Vanessa lahm.

»Na, für den Miers.«

Ach so, natürlich. Jeder sollte Vorschläge machen, was er im Schullandheim unternehmen wollte. »Hast du denn schon eine Idee?«, wollte Vanessa wissen.

»Ich hab massenweise Einfälle!«, trumpfte Nina auf. »Also – ich stelle mir vor, dass wir jeden Tag mindestens fünf Stunden lang skaten. Das ist absolut lebensnotwendig. In der restlichen Zeit können wir an Steilwänden hochklettern. Drachen fliegen wär auch nicht schlecht. Oder Ballon fahren. Meinetwegen können wir auch eine Gletscherwanderung machen.« Ihre Augen funkelten. »Vielleicht entdecken wir ja auch so eine gruselige Mumie aus der Steinzeit, das wär toll!«

In diesem Augenblick tippte Herr Miers Nina auf die Schulter. »Wie wärs, Nina, wenn du gleich heute den Küchendienst übernimmst?«

»Warum ausgerechnet ich?«, schnaubte Nina.

»Weil jeder mal drankommt«, antwortete Herr Miers. »Melden sich außer Nina noch drei Freiwillige?« Er schaute in die Runde. »Keine? Na, dann bestimme ich Anton, Niklas und Vanessa. Bitte Tische abräumen und das Geschirr in die Küche bringen. Die anderen können sich jetzt noch ein bisschen ausruhen. Um drei Uhr treffen wir uns alle hinterm Haus und besprechen unser Programm.«

Der Speisesaal leerte sich. Anton und Vanessa

gingen die Tische entlang und stapelten die Teller aufeinander. Sie bemühten sich einander zu übersehen. Nina und Niklas sammelten das Besteck und die Salatschüsseln ein.

»He, was ist denn mit dir los?« Nina blieb vor Anton stehen. »Du machst ein Gesicht, als wolltest du Vanessa fressen.«

»Haha, witzig«, knurrte Anton. »Auf die hab ich im Moment bestimmt keinen Appetit.«

Nina guckte Vanessa an. »Stimmt was nicht?«

»Wieso?«, wich Vanessa aus. »Alles in Ordnung, was soll denn sein?«

Nina zuckte mit den Schultern und trug die Schüsseln in die Küche. Niklas folgte mit dem Besteckkorb. Anton, mit Tellern beladen, ließ Vanessa den Vortritt. Vanessa zischte an ihm vorbei.

In der Küche mussten sie die Essensreste von den Tellern kratzen und das Geschirr in die große Spülmaschine einräumen.

Während Nina und Niklas heftig diskutierten, wo es sich in der bergigen Umgebung am besten skaten ließ, wechselten Anton und Vanessa kein Wort.

»Weißt du, was mit denen los ist?«, fragte Nina und deutete mit dem Daumen auf Anton und Vanessa. »Total dicke Luft, spürst dus?«

Niklas nickte. »Vermutlich Ehekrach.«

Jetzt ging Vanessa in die Luft. »Ehekrach! Pah! Ich hab gar nichts mit Anton, überhaupt nichts. Dieser Typ ist mir völlig schnurz und schnuppe!«

Anton ließ einen Teller fallen. Er zersprang in Millionen Scherben, die durch die ganze Küche spritzten.

»Na prima«, fauchte Vanessa. »Mir reichts!« Damit rannte sie hinaus.

Nina reichte Anton stumm den Besen. Anton fegte die Scherben zusammen. Nichts denken, sondern bloß kehren. Vielleicht kam dann die Welt wieder in Ordnung.

»Warum ist sie denn so sauer auf dich?«, fragte Nina.

»Wegen nichts«, log Anton.

»Aha, wegen nichts«, sagte Nina knapp. »Das dachte ich mir.«

»Wegen nichts gibts immer den schlimmsten Krach«, ergänzte Niklas.

Anton kippte die Scherben in den Abfalleimer. Der war nun so voll, dass nichts mehr reinpasste.

»Du kannst den Müll gleich rausbringen«, kommandierte Herbergsvater Frankie, der gerade in die Küche gekommen war. Er sah die Scherben, sagte aber nichts dazu. »Im Hof steht eine große graue Tonne. Da kommt der Beutel rein. Aber nicht in die grüne Tonne, die ist für Altpapier.«

Anton nickte. Er packte die Mülltüte und verließ wortlos den Raum.

Durch einen Gang erreichte er den Hinterausgang. Links führte eine Treppe in den Keller hinunter, rechts standen die Mülltonnen. Anton hob den Deckel der grauen Tonne und versenkte den Beutel.

»Hey!«, sagte da eine Stimme hinter ihm.

Anton zuckte zusammen und drehte sich um.

Es war Bianca mit einem anderen Mädchen. »Ich wusste gar nicht, dass du hier arbeitest.«

»Ich bin der Haussklave«, sagte Anton und machte ein ernstes Gesicht.

»Du Armer«, sagte Bianca und zwinkerte.

»Sicher kriegst du nur Wasser und Brot und wirst abends angekettet.«

»Genauso ist es.«

Die Mädchen kicherten. »Vielleicht kannst du dich heute Abend trotzdem mal loseisen«, meinte Bianca. »Wir machen nämlich eine Party. Um Mitternacht gehts los. Du bist herzlich dazu eingeladen. Zimmer Enzian.«

Anton war völlig überrascht.

»Danke«, stammelte er. »Ich komme gerne.« Erst, als die Mädchen verschwunden waren, merkte er, dass er noch immer den Deckel der grauen Tonne in der Hand hielt.

Besuch um Mitternacht

Herr Miers war völlig zerknirscht. Was hatte er sich für eine Heldentat geleistet! Und das gleich am ersten Tag!

Eigentlich hatte er nur einem Naturlehrpfad folgen wollen, stattdessen hatte er seine 5b heillos in die Irre geführt. Erst nach Einbruch der Dunkelheit hatte die Klasse ins Schullandheim zurückgefunden.

»Machen Sie sich bloß keine Vorwürfe«, versuchte Frau Glockner ihren Kollegen aufzumuntern. »Ihre Schüler fanden es jedenfalls sehr aufregend. Einige haben sich schon ausgemalt, wie abenteuerlich es wäre, im Wald zu übernachten.«

Herr Miers stöhnte. »Das war zum Glück nicht nötig.«

»Alle haben das Abenteuer genossen«, meinte Frau Glockner. »Außerdem sind die Kinder jetzt so erledigt, dass sie heute Nacht sicher nicht auf dumme Gedanken kommen.«

»Stimmt.« Herr Miers grinste. »Auf Klassenfahrten ist das ja immer so eine Sache. Aber wir können schließlich nicht rund um die Uhr Wache schieben.«

»Obwohl es manchmal wirklich nötig wäre.« Frau Glockner unterdrückte ein Gähnen. »Ich gehe jetzt auch schlafen. Bei den Mädchen hab ich nachgesehen, das Licht ist aus und alle liegen in ihren Betten. Also dann, bis morgen früh, Herr Miers.«

»Schöne Träume«, wünschte ihr der Lehrer.

Frau Glockner verschwand in ihrem Zimmer. Herr Miers gähnte herzhaft und überlegte, ob er noch einmal nach den Jungen schauen sollte. Vorhin war alles ruhig gewesen. Frau Glockner hatte Recht. Die Schüler waren von der langen Wanderung völlig kaputt. Herr Miers verzichtete auf eine weitere Kontrollrunde und ging in sein Zimmer.

Oben im ersten Stock wälzte sich Vanessa unruhig in ihrem Bett. Jedes Mal, wenn sie sich umdrehte, quietschte der Drahtrost unter ihr wie eine schreiende Katze.

Sina im Nebenbett schnarchte längst, ein tiefer Schlaf der Erschöpfung, brrrrr-chr-chr, völlig nervig. Vanessa stopfte sich die Finger in die Ohren, aber so konnte sie erst recht nicht einschlafen. Sie versuchte sich die Bettzipfel in die Ohren zu stecken, doch nun war es viel zu warm. Vanessa schlug schnaufend die Decke zurück.

»Hölle noch mal!«, beschwerte sich Nina im Bett über ihr. »Meine Zehen, verdammt! Ich hab mindestens tausend Blasen! Dieser blöde Miers! Ich werde nie wieder meine Inline-Skates anziehen können. Oh, es brennt wie der Teufel!« Sie knipste ihre Taschenlampe an.

Vanessa beugte sich aus dem Bett und spähte hinauf. Nina hockte da und leuchtete ihre Zehen mit der Lampe an. Es sah gespenstisch aus.

»An der großen Zehe hab ich sogar eine Blutblase!«, jammerte Nina. »Guck dir das an. Riesig. Gigantisch. Wenn die aufgeht, dann verblute ich. Hast du Pflaster dabei, Vanessa?«

»Klar, hab ich. Warte.« Vanessa stieg aus dem Bett. »Leuchte mir mal.« Der Strahl von Ninas Taschenlampe traf Vanessas Reisetasche. Vanessa zog den Reißverschluss auf und fand das Etui mit dem Pflaster, außerdem noch eine Wundsalbe. »Hier!«

»Tausend Dank!« Nina kletterte herunter und huschte zur Tür. »Ich geh mir nur schnell die Füße waschen.«

Vanessa kroch zurück ins Bett.

Es dauerte ewig. Nina kam nicht wieder. Vanessa machte sich Sorgen. Ob ihre Freundin vielleicht ohnmächtig geworden war? Sie schlüpfte aus dem Bett, knipste ihre Taschenlampe an und schlich zur Zimmertür. Als sie hinauswollte, stieß sie mit Nina zusammen.

»Da bist du ja endlich«, zischte Vanessa. »Ich hab schon gedacht, du bist verblutet.«

Nina legte warnend den Finger auf den Mund. »Du glaubst es nicht«, wisperte sie. »Ich hab grad Anton gesehen. Draußen, auf dem Gang. Er ist ins letzte Zimmer gegangen. Dort schlafen die Mädchen aus der anderen Schule.«

Vanessa spürte einen Stich in der Brust. »Anton?«, wiederholte sie fassungslos. »Das kann nicht sein. Bestimmt hast du dich getäuscht.«

»Hältst du mich für blöd?«, regte sich Nina auf. »Ich kenne doch Anton! Er war es, hundertprozentig!«

»Schschsch! Nicht so laut!«, warnte Vanessa. Das Herz klopfte ihr bis zum Hals. Ihr war heiß vor Zorn und Enttäuschung. Ihr Sandkastenfreund Anton! Was hatte er bei den anderen Mädchen zu suchen? Um diese Zeit? Anton war nicht der Typ, der Mädchen anbaggerte. Oder etwa doch? Neuerdings verhielt er sich ja reichlich merkwürdig!

Nein, Vanessa konnte es nicht glauben. Es musste eine andere Erklärung geben.

»Anton schlafwandelt bestimmt«, flüsterte sie.

»Quatsch, er war noch richtig angezogen«, widersprach Nina. »Außerdem ist er auf Zehenspitzen geschlichen und hat aufgepasst, dass ihn niemand sieht. Das macht ein Schlafwandler nicht. Der wandelt nur so vor sich hin.«

Vanessa schluckte. Es war, als würde ihr jemand mit der Faust in den Magen boxen.

»Los, wir schauen nach, was Anton bei den Mädchen macht«, sagte sie entschlossen.

Die beiden Mädchen huschten auf den dunklen Flur.

»Da entlang«, flüsterte Nina.

Auf Zehenspitzen schlichen Vanessa und Nina durch den Gang. Immer wieder hielten sie inne und lauschten.

»Wenn jemand kommt, dann sagen wir, dass wir nur das Klo gesucht haben«, flüsterte Vanessa. Sie knipste die Taschenlampe an und ließ den Lichtstrahl ganz vorsichtig an der Wand entlanggleiten.

»Hier ist es«, wisperte Nina. »Zimmer *Enzian*.«

Vanessa löschte das Licht und versuchte durchs Schlüsselloch zu linsen.

»Ich kann nichts sehen«, murmelte sie enttäuscht. »Entweder die haben kein Licht an oder sie haben das Schlüsselloch verhängt.«

»Schschsch«, machte Nina. »Kannst du wenigstens was hören?«

Vanessa lauschte angestrengt. Nichts ... oder doch? Jetzt lachte jemand leise.

»Und du bist wirklich noch nie im Leben geritten?«, fragte eine Stimme.

»Nein, ich fahr nur Inline-Skates und im Sommer geh ich schwimmen und so«, antwortete jemand.

Anton! Vanessa hielt den Atem an.

»Voltigieren ist toll«, sagte ein Mädchen. »Du kriegst die totale Sicherheit auf dem Pferderücken. Es ist überhaupt kein Problem, freihändig zu galoppieren.«

»Lass mich auch mal horchen«, drängte Nina. Sie wechselten die Plätze. Nina presste ihr Ohr gegen die Tür.

»Jetzt erzählt er, wie du dir beim Skaten den Knöchel gebrochen hast.«

Vanessa ärgerte sich. Am liebsten wäre sie ins Zimmer gestürmt und hätte Anton den Mund zugehalten. Aber dann würde sie ja zugeben, dass sie gelauscht hatte.

»Was sagt er gerade?«, fragte sie.

»Jetzt reden die Mädchen wieder von irgendwelchen Turnieren«, antwortete Nina. »Es geht um Pferde, glaub ich.«

Als sich Schritte der Tür näherten, zog sich Nina rasch zurück. Sie und Vanessa pressten sich flach an die Wand und wagten nicht zu atmen.

Die Klinke wurde heruntergedrückt. Anton kam heraus. In der Hand hielt er eine Colaflasche und eine Keksrolle.

»Dann bis morgen, Anton«, sagte eine Mädchenstimme.

»Gute Nacht, Bianca«, antwortete Anton. »Und nochmals danke für die Kekse.« Er lächelte dabei, Vanessa sah es genau.

Dann ging er ganz dicht an ihr vorüber, ohne dass er sie bemerkte.

Die Tür fiel wieder ins Schloss. Im Gang war es stockfinster. Anton tappte im Dunkeln weiter.

Erst als die Schritte nicht mehr zu hören waren, rührten sich Vanessa und Nina.

»Puh, das war haarscharf«, flüsterte Nina atemlos. »Was für ein Glück, dass er uns nicht gesehen hat. Er hätte sonst gedacht, dass wir ihm nachspionieren.«

»Er kann denken, was er will«, zischte Vanessa. Sie war stinksauer auf Anton. Was hatte er um Mitternacht bei dieser Bianca zu suchen? Und wie er sie am Schluss angelächelt hatte! Das ärgerte Vanessa besonders.

»Komm, wir gehen«, murmelte Nina. »Ich kann kaum noch stehen.«

Sie schlichen zurück.

Im Zimmer schliefen alle. Sina schnarchte

noch immer – lauter als zuvor, wenigstens kam es Vanessa so vor.

Verdrossen kroch sie ins Bett.

»Gute Nacht, Nessie!« Nina gähnte herzzerreißend und zog die Decke bis ans Kinn.

»Nenn mich nicht Nessie«, fauchte Vanessa. Anton sagte Nessie zu ihr, sonst keiner.

Aber Nina gab schon keine Antwort mehr.

Vanessa verschränkte die Arme unterm Kopf und dachte so gründlich über alles nach, dass sie dabei einschlief.

Skandal am Badesee

Beim Frühstück verkündete Herr Miers, dass sie einen Ausflug zu einem Bergsee machen würden. »Zusammen mit der anderen Klasse«, sagte er. »Freundlicherweise stellt sie uns ihren Bus zur Verfügung.«

»Lieber würde ich tausend Kilometer zu Fuß gehen«, murmelte Vanessa grimmig und schielte verstohlen zu Anton hinüber, der genüsslich sein Brot mampfte und überhaupt keine Anstalten machte herüberzugucken.

»Diese andere Klasse fängt langsam an zu nerven«, meinte Nina.

»Du sagst es«, stimmte ihr Vanessa zu. »Lauter blöde Weiber, die sich unsere Jungs unter den Nagel reißen wollen.«

»In der anderen Klasse gibt es auch Jungs«, wusste Nina. »Die schlafen ganz oben unterm Dach.«

»Ach was, die paar Kerlchen zählen nicht«, meinte Vanessa. »Sicher lauter Milchbubis.«

»Ich bin überhaupt nicht scharf auf diesen Badesee«, behauptete Nina. »Das Wasser ist bestimmt saukalt oder es gibt Kraken und spitze Steine. Vielleicht sollten wir uns krankmelden und hier bleiben.«

Dem Feind das Feld überlassen? »Kommt nicht in Frage.« Vanessa schüttelte heftig den Kopf. »Komm, wir holen unser Badezeug.«

Eine Stunde später hielt der Bus vor dem Schullandheim. Vanessa und Nina nahmen gleich die Rückbank in Beschlag. Niklas und

Sina kamen noch dazu. Sina hatte einen ziemlich schlimmen Sonnenbrand im Gesicht und glänzte wie eine Speckschwarte, weil sie sich ständig mit Sonnenmilch einrieb.

»Das hättest du schon gestern machen sollen«, meinte Niklas.

»Hab ich vergessen«, gestand Sina und lächelte ihr süßestes Lächeln.

»Morgen kannst du die Haut von deiner Nase pellen wie bei einer Kartoffel«, prophezeite ihr Niklas.

Anton hockte weiter vorne neben Jonas. Vanessa peilte vorsichtig die Lage. Bianca saß hinter der Busfahrerin. Genügend Abstand also. Eigentlich hätte Vanessa beruhigt sein können, aber ihr ging nicht aus dem Kopf, wie Anton in der Nacht gelächelt hatte.

Nach gut zwanzig Minuten Busfahrt erreichten sie einen Parkplatz. Von dort aus waren es nur noch ein paar Schritte zum See. Das Wasser glitzerte verlockend in der Sonne. Es war glasklar. Man konnte bis auf den Grund sehen, zumindest am Rand.

Die meisten Schüler hatten Decken und Matten mitgebracht und suchten sich ein bequemes Plätzchen am Ufer. Auch Vanessa breitete ihre Strohmatte aus. Gerade, als sie ihren zusammengeknüllten Wasserball aus dem Badebeutel zog, trabte Anton an ihr vorbei. Er hatte sich schon bis auf die Badehose ausgezogen.

»Hallo, Anton«, sagte Vanessa.

Anton blieb stehen, sah sie kurz an und schaute gleich wieder weg.

»Hallo«, murmelte er gepresst.

Vanessa brachte es nicht fertig etwas Versöhnliches zu sagen, etwa: *Unser Streit war doof.* Oder: *Komm, lass uns wieder Freunde sein.* Das ging einfach nicht. Aber irgendwas musste sie sagen.

Verlegen hielt sie ihm den zerknautschten Ball hin. »Kannst du den vielleicht mal aufblasen?« Sie lächelte.

Anton lächelte nicht. Er nahm auch den Ball nicht.

»Nur ein bisschen aufpusten«, säuselte Vanessa. »Mir wird so leicht schwindelig, wenn ich zu doll blase.«

Noch immer verzog Anton keine Miene.

»Frag doch Niklas«, sagte er, drehte sich um und lief zum See.

Vanessa stand da und schluckte. »Au verdammt!« Sie stampfte mit dem Fuß auf. »Dann eben nicht!« Und sie blies ihre ganze Wut in den Wasserball.

Nina hatte alles mitgekriegt und schnitt eine Grimasse.

»Sag bloß nichts«, drohte Vanessa und hielt das Ventil zu, damit die mühsam eingeblasene Luft nicht entweichen konnte.

Nina zuckte die Achseln. Sie fand die Sache ziemlich kompliziert.

»Das hat er noch nie getan«, murmelte Vanessa. »Er hat immer alles gemacht, was ich ihm gesagt habe.«

»Tja«, meinte Nina, »jeder ändert sich irgendwann mal.«

Vanessa starrte wütend auf den See. Im Wasser tobte Anton. Er spritzte Jonas nass, spielte toter Mann und tauchte nach Steinen – kurz, er schien jede Menge Spaß *ohne* Vanessa zu haben.

Vanessa dagegen war alle Lust aufs Baden vergangen. Gelangweilt blätterte sie in einer Zeitschrift, die Nina gekauft hatte. Eine Viertelstunde lang studierte sie die Doppelseite, auf der stand, wie man besonders raffinierte Nagellack-Muster auf Fingernägeln hinkriegte.

Nina wurde schließlich ungeduldig.

»Seit wann interessiert dich das? Du lackierst dir deine Nägel doch sowieso nie!«

»Deswegen kaufe ich mir so blöde Hefte auch nicht«, erwiderte Vanessa. Sie schob die Sonnenbrille zurecht und setzte sich auf um wieder einmal einen unauffälligen Blick auf den See zu werfen.

Am Ufer geschah Unglaubliches.

Bianca lag bäuchlings auf ihrer Decke, Anton kniete neben ihr und cremte ihr den Rücken mit Sonnenmilch ein.

»Kneif mich, ich hab Halluzinationen«, sagte Vanessa tonlos. »Ich fall gleich tot um. Ist das zu fassen?«

Selbst Nina fand, dass Anton es übertrieb. Was zu viel war, war zu viel! Man konnte schließlich nicht alles dulden. Immerhin war Anton der Freund ihrer besten Freundin.

Nina rannte los, aufs Wasser zu, stürzte hinein ohne sich um die eisigen Temperaturen zu kümmern, tauchte, schnorchelte und spritzte wie ein Walross, rannte wieder heraus und schüttelte sich tropfnass direkt neben Anton und Bianca.

»He, kannst du nicht aufpassen?« Bianca drehte sich unwillig um.

Auch Anton starrte sie vorwurfsvoll an. Nina fand, dass er mit der Sonnenmilchflasche in der Hand unglaublich dumm aussah.

»Heute ist der Hai los«, rief sie, packte Anton

an beiden Armen und zerrte den Verblüfften mit aller Kraft ins Wasser. Anton ließ vor Überraschung die Flasche fallen.

»Was soll das? Lass das!«, wehrte er sich, aber Nina hielt ihn im Klammergriff fest.

»Niklas, komm!«, brüllte sie übers Wasser. »Wir machen Antonwerfen!«

Niklas grinste, witterte Spaß und watete sofort in ihre Richtung. Doch noch bevor er Nina erreichte, gelang es Anton sich zu befreien.

»Bist du verrückt geworden?«

»Wenn einer verrückt geworden ist, dann du«, fauchte Nina ihn an. »Du benimmst dich wie ein Idiot. Merkst du das nicht?«

Sie schubste ihn so heftig, dass er rücklings ins Wasser plumpste.

Anton tauchte wieder auf und schnappte nach Luft. »Sonnenstich, wie?«

»Wohl eher du«, schnaubte Nina böse. »Du hast sie ja nicht mehr alle.«

»Was ist denn jetzt auf einmal mit euch los?«, fragte Niklas verblüfft.

Nina gab keine Antwort, sondern streckte Anton die Zunge heraus, legte sich aufs Wasser und kraulte ein Stück durch den See. An einer anderen Stelle kletterte sie wieder ans Ufer und lief zu Vanessa zurück.

»So, das wär erledigt. Das hat er verdient.«

Vanessa seufzte. »Leider wird davon nichts besser.« Sie rückte zur Seite, damit die tropfende Nina Platz auf ihrer Matte hatte.

»Sie hat ihn verhext, ganz bestimmt«, behauptete Nina.

»Wie?« Vanessa zog die Augenbrauen hoch.

»So was gibts«, beteuerte Nina. »Das geht mit schwarzer Magie und so. Du musst nur ein bisschen zaubern, mit abgeschnittenen Fingernägeln und Haaren und schon hast du alle Macht über einen Menschen.«

»Ich glaub nicht dran.«

»Ich schon.« Nina fing an zu flüstern. »Meine Urgroßmutter väterlicherseits war nämlich eine Hexe.«

»Quatsch.« Vanessa schüttelte den Kopf. Sonst sagte Nina immer, dass sie so gut wie nichts von ihrem Vater wusste. Wie sollte sie da solche Dinge über ihre Urgroßmutter erfahren haben?

»Aber es könnte gut sein«, beharrte Nina. »Das Gegenteil kannst du auch nicht beweisen. Jedenfalls kenne ich mich aus. Anton ist verhext. Aber das kriegen wir wieder hin, keine Sorge.«

Vanessa zweifelte daran. Wenn es doch diesen blöden Streit zwischen ihr und Anton bloß nie gegeben hätte! Sie wünschte sich Anton wieder zum Freund oder zum was auch immer ... Hauptsache, das dusselige, verkrampfte Getue hörte endlich auf!

Verflixt verhext!

Nach dem Abendessen nahm Nina Jonas heimlich zur Seite.

»Ich spendiere dir eine große Flasche Cola, wenn du mir ein paar Haare von Anton beschaffst«, sagte Nina ernsthaft.

Jonas tippte sich an die Stirn. »Was glaubst du, was Anton mir erzählt, wenn ich mit der Schere anrücke?«

Nina tat geheimnisvoll. »Es geht um eine Wette«, log sie. »Sina ist furchtbar in Anton verknallt und ich hab mit ihr gewettet, dass ich ihr bis morgen ein paar Haare für ihr Medaillon beschaffen kann ...«

»Sina ist in Anton verknallt?« Jonas wunderte sich. »Ich dachte, in Niklas.« Jeder aus der 5b wusste, wie sehr Sina Niklas anhimmelte.

»Ach, Quatsch, das ist alles bloß Tarnung«, schwindelte Nina. »In Wirklichkeit steht Sina auf Anton. Total. Wenn ich die Wette gewinne, dann kauft sie mir eine Flasche orangefarbenen Nagellack.«

Jonas grinste.

»Machst du es?«, säuselte Nina.

Er ließ sich erweichen. »Na gut. Ich erzähle Anton, dass ich seine Haare brauche um Nitroglyzerin herzustellen.«

»Nein, er darf nichts davon merken«, sagte Nina. »Du musst sie ihm im Schlaf abschneiden, das ist furchtbar wichtig.«

»Das kostet aber zwei Flaschen Cola«, meinte Jonas gleich.

»Na gut, zwei Flaschen. Wär toll, wenn du mir die Haare schon heute Nacht bringen könntest!«

»Mal sehen, was sich machen lässt.«

»Ich verlass mich auf dich«, sagte Nina mit Verschwörerstimme. Dann lief sie nach draußen in den Hof. Auf der Mauer hockte Vanessa. Sie hatte einen Block auf den Knien und zeichnete einen windschiefen Baum.

»Null Problem, ich krieg die Haare!«, verkündete Nina.

Vanessa seufzte und radierte.

»Ich hab in den Kalender geguckt«, fuhr Nina fort. »Es ist total günstig. Heute Nacht ist Neumond. Ideal für schwarze Magie.«

Vanessa ließ den Block sinken. »Ich kann mir einfach nicht vorstellen, dass so was funktioniert.«

»Du wirst schon sehen.«

Vanessa zuckte mit den Schultern.

»Wir brauchen noch Leute zum Völkerballspielen«, rief Frau Glockner von der Wiese herüber. »Nina und Vanessa, kommt ihr?«

Sie spielten, bis jede Mannschaft dreimal verloren hatte. Dann war es zu dunkel um den Ball zu erkennen.

»Jetzt schnell waschen und ab ins Bett«, kommandierte Frau Glockner. »Morgen Vormittag werden wir ins Museum gehen und nachmittags fahren wir zu einer Tropfsteinhöhle.«

Nina war gerade mit dem Zähneputzen fertig, als Jonas auf dem Gang erschien und ihr eine Streichholzschachtel entgegenhielt.

»Hier kommt die gewünschte Ware!«

»Prima!« Nina riss ihm erfreut die Schachtel aus der Hand.

Jonas wurde ein wenig rot. In der Schachtel lagen nämlich nicht Antons Haare, sondern seine eigenen.

Eigentlich hatte Jonas nicht vorgehabt zu betrügen. Wie geplant war er mit der Schere um Antons Bett herumgewuselt, aber Anton war leider noch nicht in den Tiefschlaf gefallen. Er hatte wissen wollen, was Jonas da tat. Jonas hatte behauptet, er habe bloß eine Stechmücke verfolgt, und war wieder ins Bett zurückgekrochen. Dort

hatte er sich gefragt, ob er wegen dieser zwei dämlichen Colaflaschen wohl die ganze Nacht würde aufbleiben müssen. Und dann war ihm eine Idee gekommen. Schließlich hatten Anton und er die gleiche Haarfarbe. Den Schwindel würde keiner merken. Außerdem gefiel Jonas die Vorstellung, dass Sina in Zukunft seine Haare in ihrem Medaillon spazieren tragen würde ...

»Deine Belohnung bekommst du morgen früh«, versprach Nina.

»Na hoffentlich!«, murmelte Jonas und verschwand.

Sina hatte die Übergabe mitgekriegt und platzte vor Neugier.

»Was ist denn in der Schachtel?«

»Das geht dich gar nichts an!«

»Bestimmt Dynamit oder sonst was Gefährliches«, quietschte Sina. »Die Schachtel ist von Jonas, ich habs gesehen. Achtung, gleich explodiert unser Zimmer.«

»Dann lass lieber die Pfoten davon«, warnte Nina und brachte die Schachtel vor Sina in Sicherheit. Danach weihte sie Vanessa flüsternd in ihre Pläne ein.

»Weck mich, falls ich verpenne«, wisperte Nina. »Es muss Mitternacht sein, unbedingt. Da wirkt der Zauber nämlich am stärksten.«

Vanessa stellte vorsichtshalber ihren kleinen Reisewecker auf kurz vor Mitternacht und steckte ihn unter die Bettdecke. Doch noch bevor der Wecker zu piepsen anfing, kam Ninas Hand von oben und rüttelte Vanessa.

»Es ist Zeit!«

Vanessa war sofort hellwach. Sie schaltete den Wecker ab und kroch aus dem Bett. Die beiden Mädchen schlichen aufs Klo.

»Jetzt brauch ich auch ein paar Haare von dir«, flüsterte Nina. »Dann müssen wir sie verbrennen oder zusammen in der Erde vergraben.«

Vanessa bekam eine Gänsehaut, als Nina an ihr herumschnippelte. »Das ist doch alles Quatsch. Wehe, du machst meine Frisur kaputt!«

Wenig später lag die Beute auf Ninas Hand.

»Hast du Streichhölzer oder ein Feuerzeug?«

Vanessa schüttelte den Kopf.

»Dann also raus ins Freie, wir begraben sie auf der Wiese.«

»*Be*-graben?«, hakte Vanessa nach und schauderte.

»Ach was, eingraben, vergraben, begraben – ist doch egal«, erwiderte Nina. »Hauptsache irgendwie einbuddeln.«

Auf Zehenspitzen huschten sie den Gang entlang und die Treppe hinunter. Unten war alles dunkel. Nina und Vanessa schlichen zur Eingangstür.

»Abgesperrt«, flüsterte Nina, nachdem sie die Klinke heruntergedrückt hatte. »Los, wir versuchen es durch den Hintereingang.«

Dort hatten sie ebenfalls Pech.

»Mist«, zischte Nina. »Was jetzt?«

Vanessa hätte nichts dagegen gehabt, wenn die ganze Hexenaktion geplatzt wäre. Aber Nina gab nicht so schnell auf.

»Ich hab eine Idee. Komm mit.« Sie zog Vanessa ins Treppenhaus. Zwischen Erdgeschoss und dem ersten Stock befand sich ein Absatz. Nina probierte, ob sich dort das Fenster öffnen ließ. Es ging auf.

»Bist du verrückt? Da raus?« Vanessa hatte nicht die geringste Lust nachts durchs Fenster zu klettern und sich dabei den Hals zu brechen.

»Quatsch, siehst du nicht, dass das Fenster von außen vergittert ist?« Nina rüttelte an den Eisenstangen. »Völlig ein- und ausbruchsicher. Aber es geht trotzdem.«

»Was geht?«

»Wir vergraben deine und Antons Haare einfach im Geranienkasten.« Nina kniete sich nieder und streckte die Arme durchs Gitter. Sie fühlte die Pflanzen und dazwischen die feuchte Erde. »Ich komm prima ran. Gib mir die Haare.«

Vanessa reichte ihr die Streichholzschachtel und ihre eigenen Haarsträhnen. Nina leerte die Schachtel und vermischte die Haare in ihrer Hand. Mit den Handflächen drehte sie daraus ein kleines Knäuel. Dabei murmelte sie mit dumpfer Stimme:

»A-bra-ka, a-bra-ka-dar,
mach aus ihm und ihr ein Paar.«

»Du spinnst wohl – doch nicht ein Paar!«, zischte Vanessa. »Es soll wie früher sein, mehr nicht.«

»Der Zauberspruch wirkt für alles«, beteuerte Nina und vergrub die Haare zwischen zwei Geranien. Dann stand sie auf und wischte die Hände an ihrer Trainingshose ab. »Jetzt müssen wir bloß noch abwarten!«

Ein todsicherer Trick?

Obwohl Vanessa nicht so recht an Ninas Zauberkünste glaubte, war sie furchtbar gespannt, ob sich Antons Verhalten ändern würde.

Das Frühstück verlief enttäuschend. Anton saß Vanessa zwar direkt gegenüber, aber er reichte ihr weder den Korb mit den Brötchen noch die Marmelade oder die Butterstückchen. Die meiste Zeit guckte er einfach durch sie hindurch. Sie war Luft für ihn, keine Frage.

Vanessa überlegte, ob sie ihn anquatschen sollte, aber ihr fiel kein lockerer Spruch ein. Das, was sie am brennendsten interessierte, konnte sie leider nicht fragen: *Warum hast du mir gestern nicht den Wasserball aufgeblasen?* und *Wie kommst du dazu, Bianca den Rücken einzucremen?*

Dass Nina unruhig neben ihr herumrutschte und alles ganz genau überwachte, machte die Sache nicht einfacher.

»Er hat dich zweimal angelächelt«, behauptete Nina nach dem Frühstück.

»Gar nicht wahr«, widersprach Vanessa. »Er hat nur vor sich hin gegrinst. Wahrscheinlich hat er dabei an die doofe Bianca gedacht.«

Auch der Besuch im Museum war ein Flop. Die ganze Zeit befand sich Anton am anderen Ende der Schülergruppe. Vanessa überprüfte es viermal. Das konnte kein Zufall mehr sein.

»Du hättest heute Nacht nicht dazwischensabbeln dürfen, das hat vielleicht den Zauberspruch verdorben«, meinte Nina, die allmählich auch den Glauben an ihre Hexenkunst verlor. Gelangweilt betrachtete sie die Ausstellungsstücke. Ausgelatschte Römersandalen, antikes Rasiergerät und Münzen, die längst nicht mehr gültig waren – wen interessierte das? »Hach, was geht mir so ein Museum auf die Nerven!«

Anton kaufte sich am Ausgang zwei Ansichtskarten von römischen Gürtelschnallen. Vanessa kaufte sich ebenfalls eine. Sie gab sich einen Ruck.

»Hast du eine Ahnung, wo man hier Briefmarken kriegt, Anton?«

»Im Postamt«, war die knappe Antwort.

Kein Lächeln, kein freundlicher Blick – nichts.

Vanessa biss die Zähne zusammen.

Das Postamt war gleich am Marktplatz. Leider hatte es gerade geschlossen.

»Voller Erfolg«, murmelte Vanessa. Da entdeckte sie einen Briefmarkenautomaten. Aber der sackte bloß ihr Geldstück ein ohne eine Marke auszuspucken. »Bist du sicher, dass es kein Unglückszauber war?« Vanessa klopfte wütend gegen den Automaten.

»Ach was, Zauberei funktioniert eh nicht«, murmelte Nina. Sie schaute über den Platz. »Tolles Pflaster. Hier kann man bestimmt gut skaten. Ich werd verrückt, wenn ich nicht bald mal wieder meine Stiefel anschnallen kann! Wozu hab ich die Dinger eigentlich mitgenommen?«

Jetzt drängte Herr Miers zum Aufbruch. Es war Mittagszeit und im Schullandheim würde man nicht ewig mit dem Essen auf sie warten. »Wie ihr wisst, steht heute Nachmittag die Tropfsteinhöhle auf dem Programm«, verkündete er. »Wir fahren wieder mit der anderen Klasse.«

Nina und Vanessa wechselten einen genervten Blick.

»Oh Hölle!«, schimpfte Nina. »Nur, weil die anderen einen Bus haben, müssen wir ständig alles zusammen machen. Das nächste Mal fahren wir auch mit unserem eigenen Bus auf Klassenfahrt.«

Es war drückend schwül und Gewitterwolken zogen auf, als sie die Strecke zum Schullandheim hinaufwanderten. Als sie sich endlich an den Mittagstisch setzten, war das Essen schon fast kalt, was Vanessas Laune nicht gerade besserte. Mit dumpfer Miene brütete sie vor sich hin. Plötzlich erhellte sich ihr Gesicht.

»Hm, das könnte vielleicht klappen ...«

»Was meinst du damit?«, fragte Nina neugierig.

Vanessa druckste herum. »Na, ich dachte ... also, damals als ich mir den Knöchel gebrochen habe und ins Krankenhaus musste, da hat sich Anton richtig süß um mich gekümmert.«

»Wie kommst du jetzt darauf?«

»Warts ab ...«

Am frühen Nachmittag brachen sie auf. Nina wuselte unauffällig um Anton und Bianca herum. Vanessa hatte sie beauftragt herauszufinden, worüber sich die beiden so angeregt unterhielten.

»Total öde«, berichtete sie ihrer Freundin nach einer Weile. »Bianca redet nur über Gäule. Über A-Dressur und Hufrehe und dass sie ihr Pferd am liebsten im Offenstall halten würde. An Antons Stelle würde ich Schreikrämpfe kriegen.«

Vanessa sagte nichts. Sie beobachtete, dass

Anton sich neben Bianca setzte. Auch Nina sah es.

»Ich glaube, sie könnte ihm ein Hufeisen umhängen und er würde es sich gefallen lassen«, lästerte Nina. »Oh, ich wünsche dieser Bianca, dass sie sich bei ihren Gäulen die Maul- und Klauenseuche holt.«

»Ich weiß nicht, ob Pferde das überhaupt bekommen können«, meinte Vanessa. Dass Anton so von Bianca in Beschlag genommen wurde, wurmte sie über alle Maßen.

Auch Jonas, der hinter Anton und Bianca saß, machte sich über das ständige Pferdegerede lustig.

»Ich werde der Erste sein, der aus Pferdeäpfeln Bomben bastelt!«, tönte er laut.

»Ich weiß gar nicht, was an Reiten so toll sein soll«, rief Nina jetzt quer durch den Bus. »Wer sich dauernd von den Viechern rumschleppen lässt, ist bloß zu faul zum Laufen! Skaten ist wenigstens ein richtiger Sport. Oder was meinst du, Niklas?«

»Ganz genau«, bestätigte Niklas.

Das Geläster war Anton furchtbar peinlich. Bianca tat so, als hätte sie nichts gehört. Sie hielt Anton eine Tüte Fruchtgummis entgegen.

»Hier, magst du?«

»Danke.« Anton nahm eine Himbeerfrucht. Er verschluckte sich fast, als plötzlich Jonas' grinsendes Gesicht zwischen seinem und Biancas Sitz auftauchte.

»He, Anton, weißt du übrigens, dass Sina total in dich verknallt ist?«

»Quatsch, du spinnst.« Anton fühlte, wie ihm das Blut in den Kopf schoss.

»Sie wollte sogar Haare von dir in ihrem Medaillon rumtragen. Jetzt trägt sie leider meine rum, haha. Weiber sind schön blöd, was?«

Bianca schaute Anton prüfend an. Der Blick ging ihm durch und durch. Oh, warum lag er nicht mit Bauchweh im Bett?

»Ich glaub, ich muss mal«, ächzte Anton und wankte nach hinten. Der Reisebus hatte zum Glück eine Toilette. Anton verbrachte dort mindestens eine Viertelstunde. Seine Gefühle standen Kopf. Er fand Bianca sehr nett, keine Frage. Besonders hoch rechnete er ihr an, dass sie ihn wegen des Wasserflecks nicht ausgelacht hatte.

Aber er fühlte sich auch ein bisschen überfordert. Bianca betrachtete ihn inzwischen offenbar als ihren ständigen Begleiter. Und manchmal verlangte sie Dinge von ihm, die er gar nicht mochte – vor allem nicht vor den beiden Klassen. Beispielsweise ihr den Rücken mit Sonnenmilch einzucremen. Oder sich im Bus neben sie zu setzen. Anton wusste ja, wie gerne die anderen spotteten. Jonas war da ganz groß. Und jetzt auch noch die Sache mit Sina – falls sich Jonas das Ganze nicht bloß ausgedacht hatte!

Anton betrachtete sich im Spiegel. Seine Gesichtsfarbe war jetzt wieder normal. Wie blöd, dass er bei jeder Gelegenheit knallrot wurde!

Und warum gelang es ihm nicht schlagfertiger zu sein? Etwa: »Wie schön, dass Sina deine Haare aufhebt. Wenn du später eine Glatze hast, kann sie dir die Pracht ja zurückgeben.«

So was fiel ihm nie ein!

Als er wieder zu seinem Platz kam, lag dort ein zusammengefalteter Zettel.

»Den hat grad jemand für dich abgegeben«, sagte Bianca und schaute unbeteiligt aus dem Fenster.

Anton faltete den Zettel auseinander.

Ich finde dich sehr süß, stand darauf. *Findest du mich auch süß?* Dann gab es zwei Kästchen zum Ankreuzen: *Ja* oder *Nein*.

Hast du eine Freundin? Ja/Nein. Magst du Pferde? Ja/Nein? – Ich bin eigentlich ein bisschen in dich verliebt. Bist du auch in mich verliebt? Ja/Nein.

Anton bekam Kopfschmerzen. Ihm wurde heiß und kalt. Au verdammt, warum passierte ihm so etwas? Natürlich wusste er gleich, dass der Zettel nur von Bianca stammen konnte. Aber warum stellte sie ihm solche Fragen? Und warum ließ sie keine anderen Antworten zu als *Ja* oder *Nein*? Es gab doch noch etwas dazwischen, etwa *Jein* oder *Weiß nicht*.

Anton beschloss sich dumm zu stellen. Nur so konnte er seine Haut retten.

»Willst du einen Stift?«, fragte Bianca eifrig.

Anton überhörte die Frage. Er tat sehr verwundert, drehte den Zettel um und schüttelte den Kopf. »Wer das wohl geschrieben hat?«

»Weißt du das wirklich nicht?«

»Nein, ich hab keine Ahnung«, log Anton und wich Biancas Blick aus. Er hatte das Gefühl keine Luft mehr zu bekommen. Mit zittrigen Fingern faltete er den Zettel zusammen und steckte ihn in seine Hosentasche.

»Willst du ihn denn nicht beantworten?«, fragte Bianca enttäuscht.

Verflixt, war die hartnäckig!

»Ich weiß doch nicht, von wem er ist«, redete sich Anton heraus. Jetzt half nur noch dick auftragen. »Vielleicht von Sina? Oder von Nina? Oder von Paola? Oder von Va –«

Nein, das konnte er nun doch nicht. Vanessas Name kam nicht über seine Lippen.

Hätte Vanessa ihm so einen Zettel geschrieben

mit *Ich bin eigentlich ein bisschen in dich verliebt!*, so hätte ihn das himmelhochjauchzend-quietschglücklich gemacht. Zumindest noch bis vorgestern, vor ihrem megadoofen Streit. Jetzt war alles aus und vorbei. Sie waren Feinde – vermutlich für immer. Anton presste verbittert die Lippen zusammen.

»Hast du so viele Freundinnen?«, bohrte Bianca weiter.

»Das sind noch längst nicht alle«, behauptete Anton.

Von nun an hatte er Ruhe. Bianca schaute schweigend aus dem Fenster und betrachtete die Berge.

Anton hatte noch immer Kopfschmerzen, als der Bus hielt und die beiden Klassen ausstiegen.

Vor ihnen lag ein See mit schiefergrauem Wasser, ringsum ragten graue Felswände empor. Ein Kiesweg führte zu einem vergitterten Eingang im Berg, links davor stand eine kleine Kartenbude, rechts waren die Toiletten.

Der Höhlenführer meinte, er könnte sechzig Leute verkraften. Also bekamen die beiden Klassen eine gemeinsame Führung.

»Puh, wie muffig!« Nina erschauderte, als sie durch die Sperre ging. »Wie in einem Grab.«

In der Höhle war es viel kühler als draußen in der Sonne.

Man musste aufpassen, dass man sich in dem schmalen, dunklen Gang nicht den Kopf stieß. An der Decke hingen vereinzelt Glühbirnen, die schummriges Licht gaben. Ab und zu tropfte es von oben herab.

Dort, wo sich der Gang zu einem Gewölbe verbreiterte, hielt der Führer an.

»Diese wunderschöne Tropfsteinhöhle ist vor zwanzig Jahren zufällig bei einer Sprengung entdeckt worden«, erzählte er.

Jonas stieß Anton in die Rippen und grinste. »Eine Sprengung, hast dus gehört?«

»Sei still«, zischte Anton, denn der Führer erklärte gerade, dass nur ein Teil der Höhle für die Besucher zugänglich gemacht worden war. »Es gibt Nebengänge und Nebenhöhlen, die noch nicht begehbar sind.« Er schärfte den Schülern ein auf dem Hauptgang zu bleiben und die Tropfsteine nicht zu berühren oder sogar abzubrechen.

Es konnten nur jeweils zwei oder drei nebeneinander gehen. Anton blieb an Jonas' Seite und bekam schon bald einen steifen Nacken vom ständigen Hochgucken.

»Warte doch mal«, sagte da jemand hinter ihm. »Renn nicht so.«

Es war Bianca.

»Ich renne gar nicht«, widersprach Anton.

»Trotzdem. Geh nicht so schnell.« Anton spürte, wie sich eine Hand in seine schob.

»Bleib doch mal stehen«, flüsterte Bianca. Sie zog ihn in eine dunkle Nische. Die anderen gingen vorbei.

Anton fühlte sich ziemlich unbehaglich. Er wäre lieber weitergegangen, außerdem tropfte es auf seinen Kopf. »Hier ist es ziemlich nass.«

Bianca holte tief Luft. »Der Zettel war von mir.« Und dann gab sie ihm einen Kuss mitten auf den Mund.

Anton blieb beinahe das Herz stehen.

»Und jetzt«, sagte Bianca glücklich, »sind wir richtig befreundet.«

Das Tropfwasser rann in Antons Nacken. Auf einmal fror er so entsetzlich, dass er mit den Zähnen klapperte. Bianca lehnte sich selig an ihn.

»Du liebst mich auch. Das weiß ich. Sonst würdest du jetzt nicht so zittern.«

»Mir ist verflucht kalt«, stammelte Anton und machte sich frei. »Außerdem will ich jetzt die Tropfsteine sehen.«

»Na klar, ich doch auch.«

Sie liefen den anderen hinterher und holten sie ein.

Anton begriff kein Wort von dem, was der Führer über *Stalagmiten* und *Stalaktiten* erzählte. Noch immer spürte er Biancas feuchten Kuss auf den Lippen. Das Ganze kam ihm wie ein Traum vor. Kein besonders schöner Traum, wie er sich eingestand. Ziemlich nass und kalt und aufregend und ein bisschen schaurig ...

Anton kam erst wieder richtig zu sich, als die Führung zu Ende war und sie draußen in der stechenden Sonne standen.

»Bestimmt gibt es heut noch ein Gewitter«, meinte Frau Glockner mit einem prüfenden Blick zum Himmel.

Herr Miers zählte seine Schäfchen. »Siebenundzwanzig.« Er rang die Hände. »Verflixt noch mal, wir sind doch mit achtundzwanzig Kids losgefahren. Wer aus der 5b fehlt?«

»Nessie«, schrie Nina und machte ein entsetztes Gesicht. »Ja, jetzt fällts mir erst auf, ich hab sie schon in der Höhle nicht mehr gesehen!«

Anton war bei dem Wort *Nessie* zusammengezuckt. Das war doch sein ganz persönliches Kosewort für Vanessa!

»Nessie!« Bianca grinste. »Was ist denn das für ein Ungeheuer in deiner Klasse?«

»Sie heißt Vanessa«, sagte Anton gekränkt. »Und außerdem ist sie kein Ungeheuer.«

»Ach so, irgendwer hat ihr also bloß diesen doofen Spitznamen gegeben?«

»Das war zufällig ich«, erwiderte Anton.

Bianca sagte nichts mehr.

Herr Miers informierte den Höhlenführer. »Wir vermissen ein Mädchen.«

»Haben Sie eine Taschenlampe?«, fragte Frau Glockner. »Ich will unbedingt mitsuchen!«

»Ich auch«, rief Nina. »Nessie ist doch meine beste Freundin. Oh Gott, wenn sie nun gestürzt ist und irgendwo im Abgrund liegt und verblutet?« Sie fuchtelte dramatisch mit den Händen und funkelte Anton an. »Und was ist mit dir? Suchst du nicht mit?«

»Ich würde natürlich –«, begann Anton, aber alles Weitere konnte Nina nicht verstehen, weil jetzt das Chaos ausbrach. Alle wollten Vanessa suchen, niemand wollte zurückstehen. Die Jungen und Mädchen schrien durcheinander.

»Vielleicht sollten wir besser gleich die Bergwacht verständigen«, überlegte Herr Miers.

»Bloß keine Panik«, versuchte der Höhlenführer den Lehrer zu beruhigen. »Sie passen lieber auf Ihre Klasse auf und ich geh mit Eddi los. Der hat schon mehr als einen gefunden. Ich hab nämlich einen Bruder bei der Polizei und der hat meinem Eddi so einiges beigebracht.«

»Wer ist Eddi?«, fragte Frau Glockner.

»Mein Dackel«, sagte der Führer und schloss das Kartenhäuschen auf. »Aber einer mit Super-Spürnase, das versichere ich Ihnen. Der findet alle! Auch die, die sich noch gar nicht verlaufen haben, haha.«

Weder Herr Miers noch Frau Glockner hatten jetzt Sinn für Späße, dazu waren sie viel zu beunruhigt.

»Auf gehts, Eddi, Arbeit für dich«, sagte der Führer und kam mit einem uralten Dackel an der Leine aus dem Häuschen. »Da ist wieder mal einer in der Höhle geblieben.«

Der Dackel schoss los. Sein Herrchen hatte Mühe ihm zu folgen.

Die anderen warteten vor der Höhle.

»Ich wär lieber mitgegangen«, sagte Frau Glockner und knetete nervös ihre Hände.

»Das wären wir alle«, murmelte Herr Miers.

»Aber vermutlich hat der Mann Recht. Wir kennen uns in der Höhle ja nicht aus und am Ende gehen noch mehr von uns verloren.«

Die Minuten dehnten sich.

»Ich versteh nicht, wie du so ruhig bleiben kannst«, schnauzte Nina Anton an.

»Ich bin doch gar nicht ruhig«, verteidigte sich Anton.

»Hach, das kannst du deiner Großmutter erzählen«, sagte Nina geringschätzig. Dann zog sie ab.

»Ist die immer so zickig?«, fragte Bianca.

Anton gab keine Antwort, denn in diesem Moment kam Vanessa aus der Höhle, hinter ihr der Höhlenführer samt Dackel. Vanessa hatte einen knallroten Kopf.

Frau Glockner schloss das Mädchen gleich in die Arme.

»Mein Gott, Vanessa«, sagte Herr Miers erleichtert, »was war denn los? Wir haben uns große Sorgen um dich gemacht.«

»Ich bin gestolpert«, stammelte Vanessa hastig. »Und als ich wieder aufgestanden bin, waren die anderen schon weg. Wahrscheinlich bin ich aus Versehen in die falsche Richtung gelaufen ...« Sie bückte sich und streichelte den Dackel.

»Vielen Dank«, sagte Herr Miers zu dem Führer. »Tut mir Leid, dass wir Ihnen solche Umstände gemacht haben.«

»Ach was! Hauptsache, es ist nichts passiert und dem Mädchen gehts gut! Komm, Eddi, du weltbester Höhlenhund!«

Auf der Heimfahrt musste Vanessa wieder und wieder erzählen, was geschehen war. Erst kurz vor dem Schullandheim hatte sie endlich Gelegenheit ungestört mit Nina zu tuscheln.

»Und wie hat Anton reagiert? Ist er wenigstens blass geworden oder so?«

Nina polierte an ihren Fingernägeln herum. »Ach, der alte Idiot«, murmelte sie. »Er stand nur neben dieser doofen Ziege und hat dämlich geguckt.«

Vanessa schob die Unterlippe vor. Sie war sehr enttäuscht.

»Hölle noch mal«, sagte sie finster, »ich hätte geschworen, dass es ein todsicherer Trick ist!«

Endlich kommt etwas ins Rollen ...

»Heute Nachmittag habt ihr frei«, erklärte Herr Miers am nächsten Tag beim Mittagessen. »Ihr könnt machen, was ihr wollt. Kleine Geschenke für eure Eltern besorgen, euch den Ort ansehen, euch die Zehennägel schneiden oder faulenzen – ganz egal. Hauptsache, ihr erscheint alle pünktlich zum Abendessen.«

»Ich weiß, was ich tue«, jubelte Nina. »Ich werde endlich wieder Inline-Skates fahren. Meine Beinmuskeln sind schon total verkümmert.«

Nina übertrieb mal wieder maßlos. Niklas grinste. »Okay, ich komme mit. Bei mir hat auch schon der Muskelschwund eingesetzt – ich bin drei Tage nicht gefahren …«

»Was ist mit dir?«, wandte sich Nina an Anton und schaute ihn mit dämonischem Blick an.

»Oh, bei mir ist es schon drei oder vier Wochen her«, stotterte Anton. »Du weißt doch, dass ich –«

Nina ließ ihn nicht ausreden. »Ach so, entschuldige«, sagte sie spitz. »Ich vergaß, dass du dir aus Skaten nichts mehr machst. Neuerdings stehst du ja auf Reiten.«

»Stimmt überhaupt nicht!«, brauste Anton auf. »Sonst hätte ich meine Skates ja wohl nicht dabei.«

»Kommst du jetzt mit oder nicht?«, fragte Nina drohend. »Oder hast du schon was anderes vor? Mädchen eincremen oder so?«

Anton wurde knallrot. »Ich skate auch«, sagte er. »Das wollte ich sowieso.«

»Na gut, dann treffen wir uns in einer Viertelstunde draußen vor der Tür und laufen runter in den Ort«, bestimmte Nina.

Vanessa hatte die ganze Zeit keinen Ton dazu gesagt, obwohl sie natürlich auch ihre Skates ins Schullandheim mitgenommen hatte.

»Anton kommt mit, das ist doch wenigstens etwas«, meinte Nina, als sie in ihr Zimmer rannten um die Skates zu holen.

»Ja, weil Bianca was anderes vorhat«, murmelte Vanessa düster. »Ihre Klasse macht heute Nachmittag eine Öko-Rallye.«

»Also, das ist doch ein Wink des Schicksals«, erklärte Nina salbungsvoll. »Du hast Anton ganz für dich. Niklas und ich verdrücken uns, dann könnt ihr eure Sache endlich klären.«

Vanessa hockte sich niedergeschlagen aufs Bett. »Ich hab gar keine Lust mehr. Ich glaube, ich bleib hier.«

»Feigling!« Nina packte Vanessa an beiden Händen und zog sie vom Bett herunter. »Natürlich kommst du mit, verflixt! Ich leg mich hier total krumm für dich und wenns ernst wird, dann kneifst du!«

Vanessa seufzte und schulterte ihren Rucksack.

»Ich schnalle die Skates gleich hier oben an«,

verkündete Nina. »Ich bin doch nicht blöd und geh den ganzen Weg zu Fuß! Runter in den Ort – das gibt 'ne prima Tour.«

»Der Weg ist ziemlich steil«, wandte Vanessa ein.

»Genau, da kriegt man volles Tempo!«

Vanessa zögerte. Eigentlich war sie eine vorsichtige Fahrerin. Niklas würde den Weg sicher auch runterpreschen. Und Anton? Der hielt von riskanten Fahrten genauso wenig wie Vanessa. Also sah die Sache wahrscheinlich so aus, dass er und Vanessa den langen Weg zu Fuß gehen würden, während Nina und Niklas vorausfuhren ... Zwei Kilometer lang eisiges Schweigen oder krampfhafte Gesprächsversuche ...

Vanessa nahm ihren Rucksack ab und öffnete den Verschluss. »Ich fahre auch von hier oben.«

Anton hatte wohl ähnliche Gedanken, denn als Nina und Vanessa ihn vor dem Schullandheim trafen, stand er ebenfalls schon auf Rollen. Er und Vanessa guckten sich kurz an, dann schauten beide schnell weg.

Niklas kam als Letzter nach draußen. »Na, dann wollen wir mal.«

»Um die Wette?«, fragte Nina gleich. »Kleines Rennen?«

»Meinetwegen.«

Niklas und Nina sausten los.

»Wir sehen uns auf dem Marktplatz«, rief Nina Vanessa über die Schulter zu.

»Oder im Krankenhaus«, gab Vanessa zurück, während sie vorsichtig losfuhr. Bremsen, wieder rollen lassen, auf Unebenheiten achten – ganz schön anstrengend! Aber es hatte auch etwas Gutes: Solange sie auf den Weg achten musste, brauchte sie sich nicht mit Anton zu unterhalten. Er war dicht hinter ihr und hatte ähnlich mit sich zu kämpfen.

Ohne Stolpern oder Stürze kamen sie unten im Ort an. Noch immer hatten sie kein Wort miteinander geredet. Als sie den Marktplatz erreichten, waren Niklas und Nina nirgends zu sehen. Nur ein paar Skateboard-Fahrer rollten mit ihren Brettern herum. Vanessa vermutete sofort, dass sich Nina und Niklas verdrückt hatten, damit sie sich mit Anton gründlich aussprechen konnte ...

Sie linste unauffällig zu Anton rüber. Aber der schien überhaupt kein Interesse daran zu haben, mit ihr zu reden. Schnurstracks steuerte er ein Eiscafé an.

Groll stieg in Vanessa hoch. So deutlich brauchte Anton ihr nun auch wieder nicht zu zeigen, dass er keine Lust auf ein Gespräch hatte! Verärgert zog sie auf dem Pflaster ihre Kurven. Die Linkskurve klappte längst nicht so gut wie die Rechtskurve. Vanessa übte ihre Schwachseite. Nur aufs Pflaster gucken, prüfen, ob der Kreis schön rund war ...

Plötzlich war Vanessa von den Skateboard-

Fahrern umringt. Sie hatte das Klappern der Bretter wohl gehört, aber nicht aufgeschaut. Die Typen trugen Schlabberhosen und Baseballkappen und sie guckten Vanessa alles andere als freundlich an.

»Zisch ab, Kleine!«

»Du störst! Das ist unser Platz.«

»Ich bin euch doch gar nicht im Weg«, sagte Vanessa verblüfft.

Einer der Jungen rollte ein Stück vor. »Inline-Skater haben hier nichts verloren, ist das klar?«

Vanessa funkelte die Jungen wütend an. Glaubten die Kerle, sie würde sich so leicht einschüchtern lassen?

»Wirds bald?«, fragte der Größte von ihnen ungeduldig. »Los, verpiss dich!«

»Vielleicht versteht die dumme Kuh kein Deutsch«, meinte ein anderer.

»Ich kann fahren, wo ich will«, fauchte Vanessa.

»Werd bloß nicht frech, du Ziege!«, höhnte einer der Jungen.

»Wir geben dir genau zehn Sekunden um von hier zu verschwinden«, sagte nun wieder der Große und schaute herausfordernd auf seine Armbanduhr.

Vanessa rührte sich nicht vom Fleck. »Es ist genug Platz da für alle.«

»Noch zwei Sekunden.«

Ein Junge pirschte sich von hinten an Vanessa heran. Er stellte seinen Fuß zwischen Vanessas Skates, schlang ihn um ihr rechtes Bein und gab ihr einen Schubs. Vanessa verlor das Gleichgewicht und fiel vornüber. Zum Glück konnte sie sich noch mit den Händen abfangen.

In diesem Moment kam Anton aus dem Eiscafé. In jeder Hand trug er ein großes Nusseis – seine und Vanessas Lieblingssorte. Vielleicht konnte er ja damit etwas ausrichten. Er wäre schon zufrieden, wenn Vanessa ihn ein bisschen weniger böse anschauen würde ... Möglicherweise konnte man ja mal in aller Ruhe vernünftig miteinander reden ...

Aber wo steckte Nessie?

Jetzt erkannte Anton, was los war. Vier Skateboard-Fahrer hatten Vanessa umringt, die auf dem Boden lag. Niemand half ihr beim Aufstehen, im Gegenteil: Immer, wenn sie ein Stück hochkam, schubste ein Junge sie wieder zurück.

Anton schäumte vor Wut. Ohne nachzudenken preschte er los, sauste quer über den Platz und klatschte Vanessas Angreifer ein Eis ins Gesicht.

»Lass sie in Ruhe, du Idiot!«

»He, du hast sie wohl nicht mehr alle!« Ein anderer Junge griff Anton von hinten an. Er bekam das zweite Eis ins Gesicht.

»Iiiihhh!«

»Komm, steh auf!« Anton versuchte Vanessa hochzuziehen. In diesem Augenblick fielen die beiden anderen Typen über ihn her und Anton stürzte zu Boden. Er wollte sofort wieder hoch, aber da presste sich eine Faust gegen seinen Oberkörper und drückte ihn aufs Pflaster zurück.

»Du hirnverbrannter Blödmann!«, schrie Vanessa, rollte herum und packte den Angreifer an den Beinen. Sie erwischte die Schlabberhose und zog sie nach unten. Der Junge stand plötzlich in Unterhosen da. Während er nach seiner Hose angelte, kamen Nina und Niklas aus einer Seitengasse angesaust. Nina schnappte sich in voller Fahrt eines der vier Skateboards, schrie »Entführt!« und raste davon.

»Halt, stehen bleiben!«, brüllte der Besitzer hinter ihr her und ließ von Anton ab.

Niklas hatte es auf zwei andere Bretter abgesehen. Vanessa nutzte den Moment der Verwirrung und kam blitzartig auf die Beine. Sie zog Anton hoch. »Komm, schnell!«

Anton packte das letzte Brett und folgte ihr. Alle vier Skateboard-Fahrer stürmten jetzt den Skatern nach, aber die waren auf ihren Rollen viel schneller. Nina erreichte eine Brücke und warf das Skateboard übers Geländer. Es landete in einem kleinen Bach.

»Wenn ihr euch erholt habt, könnt ihr das Ding ja wieder rausfischen!«

Niklas hatte die beiden anderen Bretter inzwischen auf einen Baum bugsiert. Dort waren sie in den Ästen hängen geblieben.

Anton und Vanessa stopften ihre Beute in einen Papierkorb. Dann ergriffen alle vier die Flucht und sausten einen Fahrradweg entlang, bis sie sicher waren, dass sie ihre Verfolger endgültig abgehängt hatten.

»Puh.« Selbst Nina war außer Puste. »Leute, das war wenigstens mal ein richtiges Abenteuer.«

»Na ja«, keuchte Vanessa. »Darauf hätte ich gut verzichten können. Ich hatte vorhin ganz

schön Bammel. Wenn Anton nicht mit dem Eis gekommen wäre –«

»Eis?«, fragte Nina sofort nach. »Was denn für 'n Eis? Hab ich was versäumt?«

Vanessa erklärte, was passiert war, dann lächelte sie Anton an. Anton lächelte zurück, ziemlich verlegen. Er streckte die Hand aus. »Frieden?«

Vanessa schlug ein. »Okay, Frieden.« Anton grinste von einem Ohr bis zum anderen.

»Hey, der Typ strahlt ja wie ein Honigkuchenpferd«, bemerkte Nina trocken. »Dabei ist das ganze Eis hin. So 'ne Schweinerei!«

»Macht nichts«, meinte Anton. »Vorhin habe ich noch ein anderes Eiscafé gesehen. Ich lade euch ein.«

»Prima Idee«, sagte Niklas.

»Mit Sahne?«, erkundigte sich Nina.

»Mit Sahne oder ohne, ganz egal«, erwiderte Anton. Er war selig.

Nina stieß Vanessa heimlich an. »Jetzt hat mein Zauber also doch noch gewirkt«, flüsterte sie. »Siehst du! Man muss nur fest dran glauben!«

Stunden später marschierten Anton und Vanessa einträchtig den Weg zum Schullandheim hinauf – barfuß. Die Skates hatten sie sich unter die Arme geklemmt, denn auf Rollen bergauf, das war einfach zu anstrengend. Nina und Niklas dagegen sahen den Anstieg als Herausforderung und lagen weit zurück.

»Eigentlich schade, dass wir morgen wieder heimfahren müssen«, sagte Vanessa.

»Ja, schade«, stimmte Anton zu. »Aber heute Abend wirds bestimmt noch richtig gut.«

Als sie vor dem Schullandheim ankamen, stand dort ein Bus. Der Fahrer war gerade dabei, Koffer und Rucksäcke in den Gepäckraum zu laden.

»Was denn, reisen die schon ab?«, wunderte sich Vanessa.

»Sieht ganz danach aus«, sagte Anton.

Zwischen den Mädchen hatte er Bianca entdeckt. Sie guckte traurig zu ihm herüber.

»Ich glaube, ich muss kurz was erledigen«, murmelte Anton. »Warte, ich bin gleich wieder da.« Er drückte Vanessa seine Stiefel in die Hände und ging zu Bianca.

Sie kam ihm ein paar Schritte entgegen.

»Ihr müsst schon fahren?«, fragte Anton.

»Ja, leider.« Bianca zuckte die Achseln. »Es ist gemein, dass wir nur vier Tage bleiben dürfen und ihr fünf.«

»Hm.«

»Schreibst du mir mal, Anton?«, bat Bianca.

Anton schaute auf seine Zehen. »Äh ... ich glaub nicht.«

Bianca schluckte. »Wir können ja auch telefonieren.«

»Hm.«

»Manchmal. Einmal im Jahr oder so.«

Anton schwieg. Dann sah er Bianca an. »Ich muss dir noch was ganz Wichtiges sagen«, stieß er hervor.

»Ja?« Bianca schaute ihn erwartungsvoll an.

Anton holte tief Luft. »Ich mach mir nicht viel aus Pferden, ehrlich.«

Bianca sagte nichts.

»Jetzt muss ich zu Nessie zurück.« Anton

deutete mit dem Daumen über seine Schulter. »Meine Skates werden ihr sonst zu schwer.«

»Dann geh doch!«, fauchte Bianca.

»Tschüs, Bianca.« Anton drehte sich um.

»Ich war nie in dich verliebt«, rief sie ihm nach. »Überhaupt nicht. Kein bisschen, du eingebildeter Affe! Ich liebe nur mein Pferd!«

Sie schrie so laut, dass die anderen alles mitbekamen.

»Mach dir nichts draus«, sagte Vanessa, als Anton knallrot vor ihr stand. »Ich werd mir jedenfalls nie ein Pferd kaufen, das versprech ich dir!«

Marliese Arold wurde 1958 in Erlenbach am Main geboren. Sie studierte Bibliothekswesen in Stuttgart und arbeitet seit 1983 als Schriftstellerin. Für Kinder und Jugendliche Geschichten ausdenken und aufschreiben ist für sie das Schönste. Marliese Arold lebt mit ihrem Mann und ihren Kindern in Erlenbach.

Stephan Baumann wurde 1965 in München geboren. Er studierte Kommunikationsdesign und lebt seit vielen Jahren als freischaffender Grafiker und Illustrator in München. Mit dem Skaten hat er ungefähr zur gleichen Zeit wie die Cityflitzer angefangen. Inzwischen ist er auf seinen Inline-Skates schneller als mit dem Fahrrad.

Mehr von den Cityflitzern:

Inline-Skating und die große Liebe – eine Schulgeschichte mit Tempo!

ISBN 3-7607-3727-7

Ein neues turbulentes Abenteuer – online am Computer und auf Inline-Skates.

ISBN 3-7607-3731-5

Da behaupten tatsächlich ein paar Angeber die besten Skater der Stadt zu sein. Klar, dass das die Cityflitzer nicht kalt lässt ...

ISBN 3-7607-3755-2